KB206503

그리움의 뿌리

시와소금 시인선 174

그리움의 뿌리

ⓒ최성민, 2024. printed in Seoul, Korea

초판 1쇄 인쇄 2024년 10월 25일
초판 1쇄 발행 2024년 10월 30일
지은이 최성민
펴낸이 임세한
펴낸곳 시와소금
디자인 유재미 정지은

출판등록 2014년 1월 28일 제424호
발행처 강원 춘천시 충혼길20번길 4, 1층 (우24436)
편집·인쇄 주식회사 정문프린팅
전화 (033)251-1195 / 휴대폰 010-5211-1195
전자주소 sisogum@hanmail.net
ISBN 979-11-6325-086-9 03810

값 12,000원

시와소금 시인선 · 174

그리움의 뿌리

최성민 시집

시와소금

10년마다 시집 한 권씩 출간하겠다는 마음의 다짐을 어기고, 2024년도에 시집을 내는 이유는 인생 1막인 교직 생활을 마감하면서 동시에 인생 2막을 시작하는 연도라는 의미를 부여하기 위해 2024년에 시집을 내는 것이 어떠하냐는 아내의 조언 때문이다.

'뒷모습이 아름다운 사람이 되자' 라는 목표 아래 하루하루 최선을 다하는 모습을 보이고자 노력했던 지난 30년간의 교사 생활이었다면, 아직은 막연하고 두려운 인생 2막의 첫발을 제3시집을 내면서 힘차게 날갯짓하고자 한다.

나머지 삶의 목표는 멋지게 사는 것보다는 아름답게 죽는 것이다. 또 시집 한 권과 더불어.

| 차례 |

| 시인의 말 |

제1부 흰 고무신

제2부 당신이라는 여백

제3부 스마트한, 세상

제4부 피아노를 치다

제 **1** 부

흰 고무신

도원역桃源驛 부근

질곡(桎梏)의 시절 복숭아밭이 많아 붙여진 모모산* 언덕에서
세상에서 가장 아름다운 이름을 가진 도원역 내려다본다.

따뜻한 밥그릇 위해 쇠뿔고개*를 넘나드는 마을 사람들이
도원역의 회전문 통과하여
거대한 철마에 실려 낯선 동네로 등 돌려 사라진다.
독갑다리*로 몰려나온 교복들의 무표정한 얼굴과
갈 곳 잃은 발바닥이 머뭇거리다가도
무릉도원을 지키던 햇발들이 달꼬리섬* 아래로 해녀처럼 잠수하면
종일 도원역 부근에서 노닐던 학생들이 야생마처럼 빠져나간다.

낡은 적산가옥 창문으로 백열등이 꽃처럼 피어오르면
도원역을 배경으로 사람들이 풍경이 된다.

* 모모 : 일본말로(モモ(の木ㅎ) 복숭아를 의미한다. 일제 강점기 때 붙여진 이름.
* 쇠뿔고개 : 현재 도원역 앞마당과 인천세무소가 있는 곳 일대를 가리키는 쇠뿔고개는
   1897년 우리나라 최초의 철도인 경인철도를 놓기 위해 첫 기공식이 열렸던 곳
* 독갑다리 : 숭의동 로터리에서 음식점 '평양옥'이 있는 골목으로 들어가면 만나는
   지역 일대를 흔히 독갑다리 또는 독각다리라고 부른다.
* 달꼬리섬 : 인천 월미도

다문화가정과 흰 고무신

파키스탄 다문화가정 '다임* 이가
흰 고무신 타고 등교를 했다.
예상치 못한 조합에 추억이 나를
어린 시절의 간이역으로 데려갔다.

온통 흑백인 세상, 늘 허기진 시절
엄마는 술지게미 냄새나는 찐빵을
사형제의 머리맡에 남겨두고
새벽시장에 가고, 졸음에 지쳐 자는
꿈속으로 귀가했다.

따순밥이 언제나 그리웠다.
육성회비 못 내서 담임선생에게 쫓겨나
집으로 가는 길은 멀고도 참 외로웠다.
집에 와도 아무것도 해결되지 않던 막막함,
언제나 채워지지 않는 유년의 허기짐

어디서 구했냐고 다임에게 물었다.

시장에서 눈에 띄어서 샀단다.

시장 한 켠 반지하 단칸방에서 팔순 노모가

혼자 살고 계신다.

어머니가 그랬듯이 아침마다 새벽 운동을 하고

출근하기 전 떨리는 손으로 해주는

따순밥 먹으러 시장에 간다.

신발이 닳을까 교문 앞에서 신고

집으로 갈 때 손에 들려있던 고무신처럼

얼마 남지 않은 노모의 시간을 생각하며

흰밥 한 숟가락 목울대로 왈칵 밀어 넣는다.

* 아킬다임은 파키스탄 다문화가정 학생임

쓰레기

절반은 시험시간이 반절도 지나기 전
희망을 거세하고
하늘 외면한 채 꿈의 나라로,
시험지와 힘겨루기 중인
몇 놈들 등진 채
벽에 박힌 낙서 읽는다.

멈칫 가슴 때리는 몇 개의 글자들
'떨어지면 쓰레기다!'

이놈들의 영롱한 눈망울 일렁이던 것이,
가슴 웅크리고 사계절 한기(寒氣) 호소하던
녀석들의 살 떨림이 바로
저것이로구나.

녀석들의 귓전을 맴돌던
내 눈앞으로 아무런 상처 없이 돌아온

그 말

이보게
떨어지지 않는 생명이 어디 있는가!
떨어져야 비로소 새 생명 잉태시키고
더 단단해지고 더 아름다워지는 것을

없단다, 있단다

팔 부 능선 점령한 도원동 언덕,
사각의 틀에 갇혀 경직된 언어로 세뇌되어 가는
눈 맑은 아이들 앞에 서면 부끄럽다.

교과서에는 올곧게 살다 간 위인들과
살신성인(殺身成仁)으로 나라 구한 선구자들의
각색된 전설(傳說)이 난무하지만
아름다운 청춘 담보 잡힌 아이들에게
개똥만도 못한 선생은
똑바로 가라고 옆으로 기지 말라고
입술에 침을 바른다.

교실 밖 세상 기웃거리던 아이들의 질문에
교단 서성이며 해줄 수 있는 오직 한 단어

없단다, 없단다.

교과서에서 말하는 정의(正義)는

사전(辭典)에만

있단다, 있단다.

누구세요

눈에 보이지도 않는
바이러스에 몰려
방구석에 숨어 살던
신입생 녀석들이
시험 보러 교실에
앉아 있다.

교실 안으로 들어서자
누구세요? 라고
묻는다.

아마도 이 생(生)이
끝날 때까지도
녀석들에게
사제지간(師弟之間)은커녕
스쳐 지나가는
마스크 아저씨일지도

모른다.

텅 빈 가지마다 검은 그림자 걸어 논
상강(霜降)의 아침 찬 서리 맞고 서 있는

각성 覺醒

소싯적 길거리 캐스팅 당한 적이 있다고
힘주어 말하니
아이들이 일제히 콧방귀 날리며
"쌤 얼굴은 너무 무섭다"라고 누군가
중얼거린다.

그랬었지
언제부턴가 내 발목은
어두운 골목 누볐고
삶의 실축(失蹴)만 탓하면서
타고난 태 자리 원망하고
노래 멈추고 웃음 잃어버렸다.

세월의 터널 지날 때마다
얼굴엔 굵은 강줄기가 패이고
돌하르방 표정으로 굳어져 갔다.

비대면 시대가 끝날 무렵
덩그러니 혼자 서있는
등 굽은 그림자

진정 표정이
내 삶의 발자취라면
지금부터 가식(假飾)의 가면 만들고
표정이라는 일기 써볼 작정이니!

십 년 후에 봅시다.

해당화 여인숙

좁은 골목길 인적이 드문
붉은 벽돌 이층집 해당화 여인숙
갯바람이 불고 파도 소리가 들리는 듯하다.

유년 시절 숭의 깡시장* 건너편
도원동 전도관 언덕길 개조한 적산(敵産)가옥에
다섯 가족이 방 한 칸씩 차지하고 함께 살던
씩씩한 계집아이 차돌이가 생각난다.

한 번쯤 어디선가 만나질 인연이라 생각했는데
단 한 번도 스친 적 없는 인연 아닌 인연

붉은색으로 단장한 해당화 여인숙에서는
방방 마다 켜켜이 쌓인 인연의 분 냄새가
진동할 것 같다.

썩을 대로 썩으면 오히려 향기 나는 모과처럼

곱씹으면 곱씹을수록 추억에서도

향기가 나는 듯하다.

* 깡시장 : 1960년대 형성된 숭의동 청과물 시장을 인천 사람들은 숭의 깡시장으로 불렀다.

관상觀相

대학교 새내기 빛나던 스무 살
친구 따라 포천 백운계곡 갔다가
우연히 만난 관상쟁이 할아범이 굳이
안 보겠다는 관상을 유심히 보더니
말년(末年)이 좋겠다고 확신에 찬
예언했었다.

세상사에 버림받아 표류하고 있는
이순(耳順)의 몸뚱이는
시간만이 부자다.
날이 밝으면 천근만근 가라앉은 몸뚱이
운동장이 호출을 한다.

낙오자 신세지만 남들에게는 아무 일 없는 듯
억지웃음 짓다가 운동장에서 풀려나
혼자 사시는 어머니 집으로 가
샤워한다.

대충 물 뿌리고 수건 휘날리면
어머니는 정성스럽게 로션과 크림
등짝에 발라주신다.

포천의 관상쟁이는 내 신세가 아닌
평생 외면당했던 내 등짝의 말년
걱정했나 보다.

개망초
— 故 이진영 선생에게

교사(校舍) 뒤편 버려진 땅
마음 씻는 언덕 세심원(洗心苑)*에서
개망초를 봅니다.

십수 년 함께 이곳에서 보던 그 꽃
오늘은 혼자서 물끄러미 봅니다.
비썩 마르고 해쓱한 얼굴
동생과 너무나 닮은 개망초

미풍에도 여리게 흔들리는 개망초처럼
세상에 화해하지 못하고 스스로 꺾인 너,
눈물 왈칵 쏟아집니다.

오랜만에 미세먼지 걷힌 푸른 하늘이
흰 구름과 함께 아름다운 풍경 만들고
바람이 슬쩍 개망초 꽃잎 어루만집니다.

* 개망초 꽃의 꽃말은 '화해'이다
* 세심원 : 본인이 근무하던 학교의 학생 쉼터

청바지와 산적수염
— 양승준 시인에게

건장한 강원도 산맥 넘는다.

암전(暗電)의 터널 수십 번 지나는 원주행
인생이 그러하듯
터널의 끝은 언제나 환하다.

자유로운 삶을 위해 교직 떠난
청바지에 산적수염 한 시인이
사람 좋은 웃음으로 손 흔들고 있었다.

커피 한 잔으로 세 시간
추어탕 한 그릇으로 두 시간
보름 가까이 두문불출한
시인의 외로움은
술 한 잔 없어도 묵직하다.

십수 년 긴 이야기는

강물처럼 고요한데
시 쓰는 이야기만은
잉걸불처럼 빛난다.

또 언제 만날지 기약이 없지만,
분명한 것은 오늘 밤도 산적은
달팽이처럼 웅크리고 앉아
시 쓰기에 몰두하리라.

목련꽃 같았지
— 가림 선생님 그리며

잔잔한 바람만 불어도
요란한 소리로 나부끼는 우리는,
삼십 촉 백열등이 무심히
쏘아보는 선술집에서
바람 이는 호주머니 속 털어
잡탕찌개 시켜놓고,
성기고 어설프게 매달린 청춘은
뽀얗게 빛나고 있었지.

견고한 시멘트벽 낙서만큼이나 불안한
희망 한 자락씩 움켜쥐고
새빨간 신호등 불빛 이마에 매달고
교문을 나서야 했던 그 많은 돈키호테들,
가슴 한구석에
백목련 한 그루씩 심어 놓은 그대여

비바람 속에서도 우리들의 등을 떠밀어 주시던

선생의 부고(訃告) 소식에

장대비 쏟아지는 염천(炎天)의 하늘 아래

시방도 활짝 피어 흔들리고 있느니.

골방 수다

중년의 사내들이 골방에 모여
수다를 떤다.

국내산 한우인지 수입인지
몇 등급인지도 모르는 불고기 씹으며
불안한 시선 교환하는 사이에도
봄비는 계속 흩뿌린다.

막걸리 몇 순배 돌아 얼굴 불콰해진
머리에 서리꽃이 활짝 핀 선배가
노인요양원 갈 때도 등급 잘 받아야
실비로 들어갈 수 있다고 큭큭거린다.

절반으로 꼬리가 잘려버린 연금 걱정하고
자식에게 버림받을 미래 한탄하는
사내들의 폭풍 수다에

몇 등급의 인생을 사는지 모르는

나를 곱씹으며

가뭇없이 졸아들고 있다.

당신의 문단文壇

당신이 읽고 있는 문단을 자세히 쳐다보라.
수많은 쉼표와 마침표가 보일 것이다.
그 문장부호가 보이지 않는다면
문단을 잘못 쓰고 있는 것이다.

나의 문단은
쓸쓸한 나의 문단은
완성된 문장 하나 없이
사막 한가운데를 서성인다.

가슴 한구석 영원토록 머물러 있겠다던 그대여,
그대의 빈자리 덩그러니 들여다보니
잘못 찍은 쉼표와 마침표가 무수히 보인다.

입추立秋 무렵

익어가면서 더욱 아름다워지는 계절의 입구에 서서
삐뚤빼뚤 쓰인 자서전을 들여다본다.

말복(末伏) 사이로 불어오는 한줄기 선선한 바람과
너른 들판의 실한 곡식들 응시하는
허수아비의 텅 빈 눈동자

남루 뒤집어쓴 허수아비의 등허리가
아버지처럼 둥그렇게 흐느낀다.

나이가 선생이라던 아버지의 말이
애밀레종처럼 탁하게 운다.
꽃처럼 살고 싶었으나
시간의 언덕 넘을수록 점점 괴물이 되어간다.

그럼에도
사는 것이 점점 슴슴해진다.

어슬렁거리다
— 평창 국립 청소년 수련원에서

뒷짐 지고 산길 오르다
순간 길을 잃었다
아니 길이 사라졌다.

도시에서는 도저히
일어날 수 없는 일
생각조차 안 한 일

당황했지만,
내 삶 속에서는 너무나
흔하게 일어나는 일

비로소
어슬렁어슬렁 길을 찾는다.

제 2 부

당신이라는 여백

몸살

신열(身熱)이 오르고
사지(四肢)가 떨립니다.

세상에서 가장 맵찬 칼바람이
오직 나에게만 몰아칩니다.
그대 떠난 후,

켜켜이 눈 덮인 백록담이
가슴 복판에
단단하게 자리 잡았습니다.

아마도
만년설(萬年雪)로 남을 겁니다.

겨울왕국

그대 떠난 언덕엔 벌써 겨울왕국입니다.
수십 년간 함께 가꾸어왔던 우리들의 왕국은
당신의 부재로 인해 서서히 무너져
폐허로 변해갑니다.
혼자서는 도저히 비극의 끄트머리
막을 수가 없네요.

왕국에 모든 생명체는
미동도 하지 않습니다.
내 심장도 싸목싸목 멈추는 날이 오겠지요.

다시 봄이 온다 해도
죽은 나무들 숨을 몰아쉬고
새들도 찾아와 지저귀겠지만,
그대가 떠난 내 심장은
동장군 몰아치는 길목에서
언제까지나 멈춰있겠지요.

사랑과 증오 사이

각설하고,
그대 향한 마음이
온통 증오였으면 좋겠습니다.
쉽사리 그대와의 추억
모두 지워버릴 수 있을 테니까요.
하지만 아직도 그대를
놓아 주지 못하는
이 가슴 속 응어리는 무엇인가요.

혀끝이 아립니다.
이제는 영원히 그대에게
사랑한다는 말을
할 수 없기 때문입니다.

당신이라는 여백餘白

망망대해 떠돌며 헤맬 때
그대가 섬이 되어 나를 안아주었지.
만 년 동안 파도에 시달려 몽돌이 된 가슴팍으로
하얗게 머리 풀고 풍장(風葬) 중인
무릎 꺾지 않는 갈대밭 건너
나를 인도하였지.
상처투성이의 몸뚱어리 어루만져 주고
갈래갈래 찢긴 마음의 한 가닥씩 묶어주며
조용히 불러주던 바람 소리는
우리가 함께 건설한 제국(帝國) 안에서
영원히 메아리칠 것이라 굳게 믿었지.
영겁(永劫)의 세월이 흘러도
꼭 한번 만나야 할 운명이 당신이라고 생각했건만
바다 타고 온 불빛의 유혹에 심장이 베어
선창가에서 인연의 손 매몰차게 놓아버리고
등대의 불빛마저 차단해 버린 후, 그대는
바람이 전해주는 작별(作別)의 편지 보냈지.

하루 종일 풍랑이 몰아치는

넓디넓은 당신이라는 여백 안에서

하염없이 부유(浮游)하는 고독한 그림자 하나.

나 어떻게

내가 아는 손병걸 시인은
1997년 IMF 시절 시력 상실했지만
열 개의 눈동자* 얻어
누구보다도 아름다운 심미안(審美眼)과
기타 솜씨 뽐내면
누구나 손 내밀어 좋은 자리로 안내하고
언제든 친절히 설명해 준다.

내가 모르는 지하철 입구 저 걸인도
절단된 왼 다리 한쪽과 몇 마디 남지 않은
손바닥 내밀면 따스한 손들이 모여
목숨도 나눠주고 생명도 보태준다.

내가 정말 잘 아는 내 자신은
마음에 씻을 수 없는 병 얻어
한약방 약침 가슴 깊숙이 찔러도
대학병원 고밀도 수액주사 맞아도

도무지 누구 하나 손 내밀고
가야 할 방향 설명해 주지 않는다.

어디로 가야 하는 것이냐.
상록수마저 죽어버린
겨울 산 한복판에서 어쩌란 말이냐.

* 손병걸 시집 「열 개의 눈동자를 가진 어둠의 감시자」 중

공무도하가 公無渡河歌

도둑고양이도 서성이다 돌아가고
멧새도 한참 먹이 쪼아 먹는
내 마음의 텃밭에는 그대만
오직 없습니다.

그 4월의 보름달이
두 눈 시퍼렇게
지켜보는 가운데 속절없이
강물 건너버린 임이여.

천지 만물 중 가장 빛나던 그대이기에
형용할 수 없는 눈물 쏟아부어도
덧없이 황폐해져 가는 텃밭엔
더 이상 생명이 자라지 않습니다.

차라리 그대가 백수광부(白首狂夫)였다면
이렇게 불면의 밤 지새워
텃밭만 바라보지 않았을 것입니다.

악몽

어젯밤 또 꿈꾸었습니다.
내 작은 정원에 꽃봉오리 모두 꺾어버리는
악마의 손을 그저 쳐다만 보는 꿈이었습니다.
몸부림치며 피눈물 흘려도
도저히 몸을 움직일 수가 없었습니다.

모든 꿈과 희망이 순식간에 사라졌습니다.

하루에도 수만 번 그 악마의 손이
내 머릿속에 섬뜩섬뜩 출몰합니다.
폭설이라도 쏟아져
생각의 길이 끊겼으면 좋겠습니다.

오늘 밤에는 꿈을 꾸고 싶지 않습니다.

등에 대하여

아침마다 목욕하고
온몸에 로션 바른다고 한다.
그 말은 등에 대한 모독이다.

얼굴부터 발바닥까지 골고루 비벼가며
정성 들여 바르지만
한평생 등짝에는 한 번도
손길 내어준 적 없다.

등허리가 휘도록 무거운 짐짝 지우고
사는 동안 한 번도 눈길 주지도 않고
긴 긴 밤 지구의 중력 견디게 만들고도
정작, 단 한 번도 무언가 바르고 비벼준 적이 없다.

야멸치게 등 돌리고 떠나버린 당신도
등과 같다.

때가 되었다

이제 행장(行裝) 꾸리고 뒷모습 보이며
떠나야 할 땐가 봅니다.
오롯이 남겨진 까치밥처럼
허공중에 지어놓은 보금자리는
흩어진 지 오래,
돌아갈 이정표마저 지워져
발걸음도 흔들린 지 오래.

평생 그대를 향한
마그마 같은 조바심
이제 내려놓을 때가 되었나 봅니다.
그대 기억 속에서도
사라지겠습니다.

여백처럼,

밥심

'밥심으로 사는 벱이여, 많이 묵어라'
고봉밥에 묵은지 얹어주시던
유년 시절 할머니의 말씀이
진리였습니다.

한 번도 흔들림 없이
방향타 조정하던 내 인생의 항로에
어느 날 태풍의 눈이 휩쓸고 지나간 후
살맛을 잃었습니다.

오늘 점심 밥공기가
어제의 절반으로 줄었습니다.

단풍 들 때

그렇구나,
각각 뿌리박은 흙가슴이 다르고
저마다 지나온 세월의 무게가 달라

온 누리 산마다,
슬픔과 피눈물의 농도에 따라
단풍 들어있구나.

내 가슴 핏빛 단풍 물들인
그대는 어떤 빛깔로 물들었을까.

냄새

새삼 당신의 냄새 기억해 봅니다.
그대가 먼 곳으로 떠난 후,
추억마다 서려 있는 오만가지 냄새들
생각을 짜깁기해 보지만 기억이 안 납니다.

포로처럼 몸 바쳐 사랑했던 그때는
달큼한 냄새도 맡은 것 같습니다.

그대도 느꼈을 추억들
몸으로 그리워하고 있는지요.

낙우송落羽松

때가 되면 털어낼 줄 아는
낙엽수 아래 서성입니다.
가을이 깊어 갈수록
당신이 남기고 간 슬픔이 짙어집니다.
아무 일 없는 듯 표정 지어보지만
발등에 쌓이는 아픈 기억은 어쩔 수 없네요.

무수히 매달려 있는 기억의 이파리들
털어낼 수 있다면
발가벗은 고목(古木)으로 한겨울 내내
외롭고 쓸쓸해도 견딜 수 있겠습니다.

잡초 제거

요란한 기계음 내며
잡초를 제거하고 있습니다.
칼날에 쓰러지는 잡초처럼
웃자란 내 기억의 잡생각 더미들
깨끗하게 지워줄 그 무엇이 있을까요.
외로움의 마디가 한 뼘씩 자랄 때마다
그대와의 추억이 그림자처럼 따라다닙니다.
암흑의 시절이 오면 잊힐 것을 믿어 보지만,
땅속 깊이 묻혀있는 기억의 뿌리까지
없앨 수는 없으니,

외길

케이블카 타고 오르며 보았네
정상으로 가는 길이 하나가 아니라는 것을

사랑한다는 것도 참 많은 길이 있을 거라고,
짙푸른 파도 위에 툭툭 내던져진 섬들만큼
사랑의 간이역도 많을 거라고
혼잣말로 중얼거렸을 때

사랑은
외롭고 높고 쓸쓸한* 사랑이라 하네

앞만 보자고 해도
자꾸, 뒤를 돌아보는
눈 맑은 그 여자

* 백석의 「흰 바람벽이 있어」 중에서

제 3 부

스마트한, 세상

색맹

아무리 애를 써도 모르겠어!
부끄럽고 화가 나
글자들이 왜 숨바꼭질하는지
이런, 눈뜬 장님

4년마다 한 번씩
저잣거리 혹은 신호등 아래에서
빨주노초파남보 단체복 입고
보남파초노주빨 공약(空約) 다짐하는데
시뻘건 눈 부릅뜨고 쳐다보아도
모두지 해석할 수 없는 아픈 눈
화가 나고 부끄러워!

너는?

반성문 쓰다

천일(千日) 동안 가족의 밥그릇 위해
한뎃잠 자는 가장들 응원하러 가자고
문자 메시지가 여러 번 울린다.

마음은 벌써 달려가고 있는데
발바닥이 서성거린다,
흔들리는 식구들 눈동자
차마 지르밟지 못한다.

빈 밥그릇은 그래서 슬프다.

꽁보리밥 한 사발 먹고도
채워지지 않던 유년의 허기는
내 영혼의 모퉁이 허물어뜨려
지금도 빈 그릇만 보면
가득, 눈물이 출렁거린다.

지각이 부끄러워, 담벼락에 기대서서
건너다보는 가장들의 텅 빈 눈동자엔
두레 밥상 앞에서 기도하는
아이들의 고사리손이 아른거린다.

하루에 한 끼만 먹는 식이요법이 유행하는
이 시간과 저 공간 사이에 끼어
한 그릇 따스한 고봉밥 위해
서리 맞은 고사목이 되어가는
가장들의 목쉰 노래가
가슴 한구석에 활화산처럼 폭발한다.

스마트한, 세상 속으로

세상을 연결하는 그물망
한 손에 쥐는 순간부터
봄볕 그림자처럼 길게 외로워진다.
꽃들도 향기 거두고 귀가한 저물녘까지
단 한 번 열리지 않는 사립문에 기대어
육자배기 한 자락 흥얼거림도
멋진 인생 아니냐고 다독거리지만
그래도 누군가에게 벌써 잊힌
하얀 손바닥만 들여다본다.

소리 잃어버린 진동모드 같은
11자리 수인(囚人) 번호는
해독 불가능한 암호가 되어
가슴 한복판에 별처럼 박힌다.

무선으로 연결된 세상 속으로
끈 떨어진 등허리가 홀로 사라진다.

오이소박이

시간의 마디 적당히 자른 후
배를 가른다.

맵차고 짭조름한 추억들
촌촌이 썰어 눈물과 버무려
속을 채운다.

슬픔 저미고 저며
그리움의 힘으로 삭히고 익히면
새콤달콤한 향기가 피어오른다.

흰 밥에 착착 얹어 볼이 미어져라
배는 부른데
곰삭은 그대의 향기가
코끝에서 아른거리는데

가슴 가득 헛헛함은
무엇으로 채운단 말이냐.

오징어 게임

유년 시절 무수히 죽었지만
단 한 번도 재미없이 집으로 돌아간 적이 없었다.
동무들이 수시로 바뀌어도
무릎이 깨지고 땀범벅이 되어도
반복, 반복, 반복……
오징어 게임을 멈출 수 없었다.
형용색색(形容色色) 꿈속에서도
수십 번 죽었다가 동이 트면 살아나서
다시 시작되는 신명 나는 반복

동살 뜨기 전 TV를 깨운다.
밤새 재생되는 뉴스 속 주인공들이
언어의 화살 정조준하여
적들을 살해하는 게임하고 있다.
주인공이 교체되어도 전파되는 말씀은
언제나 똑같다.

불면의 꿈속에 나타날까
TV를 죽인다.

빨, 노, 파

나직한 동산(東山)의 산책길도
평탄한 길이 아니듯
인생살이 한순간도 쉽게 지나가지 않는다.

나잇살이 찔수록
가는 길이 안개 속에 묻힌다.
언제 서고, 가야 하는지
지금 오른쪽 또는 왼쪽
어디로 돌아가야 하는지
도무지 모르겠다.

허공에 매달린 신호등처럼 분명히
알려주는 그 누군가가 필요하다.

언제나 그러하듯 멈추고 뒤돌아보면
아무도 없다.

톱이 자란다

톱은 석기시대부터 사용되었다고 한다.
가다듬거나 자르며 인류를 발전시킨
문명의 원동력
아름다운 톱날은 아직도 현재진행형

내 몸에서도 톱들이 자꾸 자라나고 있다.

영혼의 허기 채우기 위해 온갖 잡동사니 움켜쥔 손톱
오기(傲氣)와 아집(我執)으로 세상의 소중한 보물 차버린 발톱
거짓의 언어유희 지껄이며 사람들의 심장 베어버린
날렵한 혀의 톱

아직도 다 쓰지 못한 내 톱도
현재진행형

치악산 구룡사

구룡사 범종각 목어(木魚) 배꼽 아래
물기 선명한 발자국 한 쌍
부지런한 그 누가
물속 뚫고 도장 찍고 갔는지

목탁 소리에 깜짝 놀란 아홉 마리 용이
여울물 뛰어올라 소세(梳洗)하고
목만 내민 거북이 합장하는 아침나절

어제저녁 막걸리가 삼켜버린
목어 몇 마리
앙상한 가시로 남아
부딪쳐온다, 내 이마에

범종처럼 서럽게 우는 심장
그만큼 흔들리는 세상 풍경

발바닥

숨겨 놓은 서자(庶子)처럼 살아왔다.
일평생 도덕경(道德經) 한 자
잘못 읽은 적선(謫仙)처럼
하늘 한번 쳐다볼 생각조차
해본 적이 없다.

지구의 중력과 인간의 욕망 위해,
시큼하고 비릿한 가죽의 감방에 갇혀
따스한 손길 한번 받아보지 못했어도
허리가 휘도록
버팅기며 견뎌왔다.

그럼에도 불구하고
싸목싸목 가벼워지며
느리고 무거운 발걸음의
신음 소리는 무엇인가.

덕적도德積島 행

마음이 조금*일 때
서해 먼 섬으로 간다.
파도의 혓바닥에 쓸리고 쓸려
갈라진 모래톱
너덜너덜해진 가슴팍 열어
검푸른 파도 깊숙이 염장(鹽藏)한다.

새벽 바다가 제격이다.
어제의 흔적이 가뭇없이 사라진 바닷가
심장을 가만히 내려놓는다.
서서히 차오르는 조수
심장이 조금조금 뛰기 시작한다.

얼마나 덕을 쌓아야
고독한 삶의 그늘 벗어나
밀물 가득 찬 한사리* 때일까
생각한다, 늘

* 조금 : 조수(潮水)가 가장 낮은 때를 이르는 말.
* 한사리 : 음력 보름과 그믐 무렵에 밀물이 가장 높을 때.

우중천변雨中川邊

잡생각 떨치려고 비 내리는 천변 절뚝이며 걷는다. 눈동자엔
온갖 생물들이 가득하다. 그런데 청맹과니 눈을 가져 풀 중에는
강아지풀, 꽃이라곤 해바라기만 보이고, 모든 초목이 전부 무명
초로 읽힐 뿐이다. 강산이 세 번 바뀌는 동안 어찌 글 나부랭이
쓴다고 어정거리며 겁 없이 살아왔는지…… 고고하게 긴 다리
꼬고 서 있는 목이 긴 새는 백로인지 왜가리인지. 아니면 백로가
왜가리인지?

자연도 모르고 인간도 알 길 없는 내 발바닥이 부끄럽다.

신호등

초보(初步) 시절 눈앞의 신호등이
푸르면 신나게 달렸으나
운전 30년이 지난 지금
붉은 신호등이 더 희망차다는 걸 안다.

노랑 점멸등에 굳이
목숨 걸 필요가 없다는 것도
멈추었을 때 움직이는 것들이
선명하게 살아난다는 것도
지금 깨닫는다.

참!
오래 걸렸다.

통점痛點 혹은 보시報施

잘리고 꺾여 인간 편의대로
버려진 토막 나무들
통점은 없는 걸까.

동물보호 앞장서 나체쇼 벌이던
금발의 유명 여배우는
나무를 죽여 만든
집으로 갈 때
그 마음 평안했을까.

보이지 않는 피눈물 흘리며
말라비틀어진 땔감용 나무들
따닥따닥 마지막 비명 지르며
육보시(肉報施)로
한 생명 살리고
목숨 줄 놓는다.

예수님 널어 논 못 박힌 십자가도

정말 통점이 없었을까.

한라산 까마귀

금이 간 심장과 한쪽 귀가 떨어져 나간 가슴 품고
조릿대의 울창한 숲 사이
출입 금지 밧줄 길 따라
겨울 한라산 오른다.

산 아래 다 털어내지 못한
역한 냄새들
금방 알아차린 까마귀가
내 곁을 기웃거린다.

동행은 없다.
앞만 보고 침묵하며
꼭대기 향해 숨 헐떡인다.

백록담은 안개의 성 굳건히 쌓고
좀처럼 얼굴 보여주지 않는다.

태풍(颱風)보다 재빠르게 욕심 내려놓고

휘파람 불며 세상 속으로 돌아온다.

제단 祭壇

달빛 젖은 풀섶 아래
여름 매미와 가을벌레가
암구호 외친다.

산은 초입부터
빼곡한 거미줄 바리케이트로
산의 정상 방어한다.

낮은 포복으로 다가온 거미들
썩은 내 몸을 친친 감아
생포한다.

제단이 완성된 순간
지평선 너머로 솟아오르는
둥근 촛불

엄숙히 무릎 꿇고 재배(再拜)하는
거대한 산맥

제 **4** 부

피아노를 치다

팥죽

푹푹 속 썩고 문드러져도
빌고 빌며 새알심 빚어
천지신명(天地神明)께 바치는
어머니의 혈서

신발 한 짝

두 발 딱 맞는 신발 신고
어깨에 힘주면
세상은 견고하고 반듯해진다.

오늘 신발 한 짝 잃어버렸다.
눈물이 심장을 증발 시켜버릴 수 있다는 것을
알았다.

세상을 향해 한 발자국도 걸어 나갈 수 없다.
외짝 신발로 걷는 도시가
한없이 기우뚱한다.

반드시 짝 이루어야 할 것 중
신발이 있다.

겨울 소래포구
— 영화, 『엄마 없는 하늘 아래』

　무엇을 잃어버려 겨울 포구 찾아 헤매는가. 개펄에는 파도가 쓰고 간 상형문자들이 그대로 얼어 모래톱에 켜켜이 쌓여 있고, 해독에 실패한 바닷새는 갯골 따라 사라진 지 오래,

　포구 건너편 소금꽃 피어나던 공허한 창고에 아프게 반짝이던 내 유년의 허기

　그냥 따라 울었네, 주인공 소년 따라서, 눈물의 근원지도 모르면서 마냥 울었네, 소금 언덕에 기대 우는 소년을 위로하던 협궤열차의 기적소리 퍼지면 나는 겨울나무처럼 서러웠네,

　내 기억의 협궤열차는 기적소리 울리며 포구 가로질러 눈물의 바다로 흘러가는데, 칼바람에 발 담그고 눈 시린 창공 노려보는 괭이갈매기처럼 가느다란 내 발목이 서성이는 겨울 포구

개코 마누라

살아온 이력에 따라
저마다 독특한 냄새의
무늬를 만든다.

마누라가
자꾸만 코 벌름거리며
몸 구석구석
냄새를 수사(搜査)한다.

살아온 이력이 타투처럼
지워지지 않는다.

악취 뿜어내는 몸을
달팽이 대가리처럼
움츠린다.

가끔, 향기도 난다고

쿵쿵거리며 온몸
휘감는다.

피아노를 치다

오랫동안 만지다 보면 손끝에 익숙해진다.
지랄도 하면 는다는 어머니의 말은 옳다.
어느 건반이 어느 소리가 나는지
반음(半音)이 나는 곳이 어딘지
손톱에 눈이 생긴다.

마음이 급해도 처음부터 결정의 마디를 연주해서는 안 된다.
담쟁이 벽을 넘듯, 사부작사부작 손가락에 힘을 준다.
머리로 하지 말고 가슴으로 연주해야 한다.
'엘비라마디간*'에서 흘러나오던 모차르트 피아노협주곡 21번 맞춰
최후의 댄스 추던 여주인공 상상하며 마디마디 누르면
소리는 짙붉은 느낌표로 피어난다.

칠흑 같은 어둠 속 눈과 귀를 열어놓고
소리의 강물에 기대어
내 몸에 장착한 모든 부리 동원하여
절정의 마지막 음표 더듬는다.

드디어 피아노와 내가 하나가 되면서

새로운 우주의 탄생 경험한다.

어둠이 물어뜯는 사각의 침대로

소나기가 쏟아져 흥건하다.

* 엘비라마디간 : 1967년 제작된 보 비더버그 감독의 스웨덴 영화. 31세 유부남 귀족 장교 식스틴과
  17세 줄타기 써커스 단원 엘비라마디간의 이루어질 수 없는 사랑 이야기.

크리스마스 선물
— 딸 유주가 보여준 콘서트

간신히 세상 귀퉁이 붙잡고 버티던
딸내미가 울상이다.
'괜찮아! 괜찮아!' 중얼거리는 입술이
떨리고 있었다.

생일 전날*
수습(修習) 딱지도 떼기 전
수습(收拾) 되어버린 사회생활

이제는 취소도 못할
'이은미 콘서트' 가는 발걸음이 무겁다.

고백하건대
오늘도 아빠는 세상을
원망하고 노여워했단다.
하지만 이 순간부터는
하지 않으련다.

지천명 고개 넘어서도
무당 작두 타듯
맨발로 피 토하듯
백오십 분 동안 노래하는
그녀처럼 난 미쳐본 적이 없었거든

야, 수습사원 넌 어때!

* 딸 유주의 생일은 12월 24일이다

감자샐러드

그렇게 지각하지 말라고 신신당부해도 늦던 놈들이
꼭두새벽 반 대항 축구 시합한다니 전원 출석이다.

몇 번의 헛발질과 땅바닥 뒹굴더니
온몸이 땀 분수로 변해도 함박웃음이다.

패배하고도 억울해하지 않는 속 편한 녀석들
그래도 허기는 못 견디는지
옆 반 여선생이 싸 온 감자샐러드 샌드위치
물끄러미 쳐다보다가
원망스러운 눈빛 화살을 쏜다.

달지도 짜지도 않은 샌드위치 한입 물다가
문득 으깬 감자에 빠다를 넣은
아버지의 특제 사라다가 생각났다.

생전 처음 서양 음식 먹던 기억은 뚜렷한데

입속에서 사르르 사라지던 으깬 감자처럼
아버지의 잔상(殘像)이 시나브로 스러진다.

오랫동안 감자 입안에 머금기 위해
애써 목구멍 막고 입술 앙다문다.

더 이상

해일처럼 폭우가 한반도 스쳐 가고
천지사방 피울 것 같던
인연의 꽃도 모두 져버린
폭염임에도 가슴 시린 저녁나절

눈덩이처럼 커져만 가는
그리운 사람, 가슴에 박혀
손전화만 만지작만지작,
용기 내어 전화번호 눌러보지만
없는 번호라고 친절하게 AI가 속삭이네.

마음속 천만번 되뇌던 아버지,
열 자리 전화번호
이제는 완전히 삭제해야만 하네.

아무리 발달한 인공위성도
성능 좋은 휴대전화도

더 이상,

아버지의 목소리 듣지 못하니.

신문맹론新文盲論

여태껏 글자 모르는
어머니를 문맹이라 놀렸다.
비뚤배뚤 괴발개발 틀린 글자에
빨간 줄 그으며 잘난 척했다.

이순(耳順)의 문턱 겨우 넘은 나를
할아버지라 단언해서 부른다.

할아버지라 불리는 이 신세에
예금 아닌 대출하러 간 은행
젊은 직원이 내 핸드폰 빼앗아
설명도 없이 인증 절차를 진행하면서
나 보곤 비밀번호만 찍으란다.

아무리 일찍 일어나도 소용이 없다.
수많은 책들 읽어도 필요가 없다.

어느새
통장엔 현금이 가득하지만
나는 안 읽힌다.

서열

나이 먹을수록 멋지게
살아가리라 생각했었다.
아뿔싸!
눈만 뜨면 서열이 내려간다.

19년 전 세 번이나 파양 당해
안락사 직전의 시츄 한 마리
딸내미한테 속아 입양했다.

그날부터 내 서열은 맨 꼬래비*,
애타게 "피카츄*"라고 불러도
도도하게 딴청 피우며 개무시하는
나보다 한 등급 위인 그녀

요즘 가장(家長)이란 가장자리로
밀려난 신세라지만
개만도 못한 내 인생이다.

* 꼬래비 : 꼴찌라는 전라도 방언
* 피카츄 : 집에서 기르고 있는 강아지 이름

상賞에 대한 상념

시(詩) 들고 세상에 나온 지 30년 넘도록
변변한 문학상 하나 못 탄
지방의 이름 없는 시인에게
가끔 시상식 참석하라는
문자가 온다.

어떤 능력과 재능 타고났으면
그렇게 많은 수상 경력 적고도
또 상을 타나
부럽기도 하고,
한심하기도 하다.

방구석에 쭈그리고 앉아
낯선 수상자 축하하러 가야 하는지
갈등하는데
집사람이 소리친다.

"밥 먹어"

그저 웃으며 상으로 간다.

상실喪失

덧니처럼 눈치 보며
살아온 날들이 지나니
이제 어금니도 빼야 할
때가 되었단다.

십만 개 정도 되던 머리카락도
세상의 절벽에서 마주친
고뇌와 우울의 시간만큼
빠지고 빠져
정수리도 환하다.

나이 먹으면서
빠져나가는 것들이
너무 아프다.

무심하게 돌아선
내 분신들의 뒷모습
눈·물··방···울 속에 있다.

냇가가 니껏이여!

백 년만의 물 폭탄이 그친 뒤끝
천변에 걸린 현수막을 읽으며 혀를 차신다
'이 하천 토지는 LH 소유로 폐기물투기 일체를 금합니다.'
이 냇가가 왜 내 소유라고 지랄이여!!
국민학교 문턱도 얼씬 못한 어머니가 보신
허울 속 진실.

누구나 그러하듯
— 어머니 고희연(古稀宴)에 부쳐

누구나 그러하듯이
'어머니'를 입술에 올리면
거센 비바람 참고 피어난
야생 장미 가시에 찔린 듯
심장이 따끔거립니다.

아롱이다롱이 오부자(五父子) 다독거리며
든든한 버팀목으로 살아오신,
반백 년 세월 동안 흘리신 피눈물
무엇으로 보상할 수 있겠습니까.

동트는 새벽부터 별이 지는 한밤중까지
섬섬옥수 고운 손이 가시 손 되기까지
40년 식당 일과 온갖 허드렛일 덕분에
사형제는 든든한 사각의 기둥이 되고
아버지는 포근한 지붕이 되어
비로소 아름다운 집 한 채 그리게 된 것도

당신 때문입니다.

이제 굽은 등허리에 올려진 무거운 짐
훌훌 내려놓으시고
어머니가 지으신 아름다운 그 울타리
대청마루에 앉아 흥얼거리며
청산(靑山)과 벗 삼아 살아가시길.

누구나 그러하듯이
'어머니'를 입술에 올리면
언제나 심장이 울렁거립니다.

간절함은 그리움의 뿌리

— 한승민 · 최유주 부부에게

지상의 수많은 인연의 끈을 모두 던져버리고
오직 내 편, 한 사람만 선택한 바보 같은 사람들아!
그대들의 아름다운 선택을 위해
머나먼 오스트리아 미라벨 궁전 앞에 서 있는
눈부신 여신상을 부여잡고
체코 프라하 카를교 성 요한 네포무크의 가슴팍 어루만지며
그대들의 백년해락(百年偕樂)을 진심으로 기도하였다네.

높은 곳에 오르면 반드시 내려와야 하는
등고자비(登高自卑)의 순간을 만나게 되더군.
좋은 일과 궂은일은 항상 교차하며 나타나는 법
최악의 순간, 가장 현명한 선택만이
그대들의 천생연분을 완성한다는 사실을 기억하시길.

혀는 칼보다 날카롭다는 설망어검(舌芒於劍)이란 말이 있
다네
혀를 절제하는 지혜로운 사람은 상대방과 갈등이 없다는 의

미 아닐까!

말 한마디가 복을 부르기도 하고, 화를 자초하기도 한다는
사실을

미련한 나는 이제야 깨달았다네.

생명을 살리고, 좋은 열매 맺는 말의 씨앗을

풍성하게 뿌리는 현명한 부부로 살아가시길

그대들을 향한 모든 마음을 모아 축원한다네.

마지막으로,

현재를 마음껏 즐길 줄 아는 지혜로운 부부가 되시기를,

지금 이 순간부터 상대방을 향한 간절함으로

오매불망하고, 학수고대하는 마음을 영원히 간직하며 살아가
시길,

길몽 중 길몽인 푸른 용의 꿈을 봄기운 가득한 오늘부터

백년 동안 매일매일 꿈꾸시길 기원한다네.

'궁핍한 시대'의 서정

윤 은 경

(시인 · 문학평론가)

'궁핍한 시대'의 서정

윤 은 경
(시인 · 문학평론가)

1. 여는 말

최성민 시집의 시들을 한편 한편 천천히 읽어본다. 그의 시편들에는 전통 서정의 저류가 면면부절 넓게 농울치며 흐른다. 대상 혹은 사물의 고유성을 담담히 응시하며 주체의 심미적 경험을 이끌어내고 삶을 성찰하게 하는 그의 시작 방법은, 실험미학의 데일 듯한 열정이나 탐미적 경향 혹은 아방가르드의 급진

성이나 과격함보다는 시의 근원으로서의 서정의 힘이 자본주의의 악무한에 속박된 궁핍한 시대를 횡단할 수 있다고 믿는 듯하다. 물론 최성민 시인이 서정의 힘에 대한 무한 신뢰를 갖고 있다 해서 그의 시가 곱고 부드러운 서정만으로 일관하고 있는 것은 아니다. 무엇보다도 현대시는 그 태생에서부터 모더니티의 미학과 불가분의 관계를 가지는 도시 문학인 까닭에, 문학과 현실은 항상 대립하는 위치에 서는 것이며, 그런 이유로 시인에게 현실은 언제나 극복해야 할 그 무엇으로 있다. 최성민 시인 역시 자신이 처한 현실을 비판적으로 성찰하면서 문학적으로 응전해왔으며, 이번 시집에서도 그는 삶 자체가 짐이 되어버린 당대와 그러한 삶의 강력한 규율로서 작동하는 후기 자본주의의 전횡에 대해서도 새파랗게 날 선 비판을 던진다.

시집으로 묶인 시작품들을 읽고 해명하는 방법에는 여러 가지가 있을 수 있다. 혹자는 시편들 전체를 관통하는 키워드를 통해 전편을 가로지르는 시적 인식을, 혹자는 언어미학의 측면을, 혹자는 새로운 실험정신에 방점을 두어 읽을 수 있다. 본 글에서는 최성민 시인의 시적 상상력이 대상 세계와 맞대면하면서 어떻게 심미적 경험을 하게 되는가 또 어떤 심미적 파장을 불러오는가라는 시적 사유의 측면에 방점을 두어 읽어보려 한다. 필자가 그의 시편들을 읽는 핵심 키워드는 '장소' 혹은 '장소성'이다.

우리가 일상에서 현실을 경험하는 방식은 '공간'에 결부되어 있다. 주거 공간, 작업 공간, 시장 공간, 문화 공간 등 우리의 삶이 영위되는 현장을 지칭하는 수많은 물리적인 '곳'들이 있다. 그러나 삶이 영위되는 이러한 '곳'들을 '장소'라 말하지 않는다. 어떤 측면에서 장소와 공간은 대비되는 측면이 있는데, 공간이 일정한 활동이나 사물들 또는 환경을 가지는 위치들 사이의 연장으로서 추상적이고 물리적인 범위와 관련된다면, 장소는 체험적이고 구체적인 활동의 기반이면서 맥락적이고 문화적인 의미와 관련된다. 그러한 면에서 장소는 인간의 실천적 활동을 통해 의미가 부여된 공간이라는 뜻도 된다. 이에 비해, '장소(場所)'란 말 그대로 어떤 일이 이루어지거나 일어나는 곳이다. '장소'는 삶의 기반을 이루는 터전이라는 점에서 본질적으로 존재의 기반이요, 실존의 근원적인 중심이다. 그러므로 '장소'는 세계 속에 존재하는 사물뿐만 아니라 세계를 이해하는 방식이 된다. 이-푸 투안은, 사람들이 오랜 세월에 걸쳐 필요에 따라 관계를 맺어온 '장소'에서는 "안전(security), 안정(stability)"을 경험하지만, '공간'에서는 이러한 경험이 이루어지기 쉽지 않다고 말한 바 있다. 어떤 장소에 소속된다는 것은 구체적인 일상의 느낌으로 세상을 내다보는 안전지대를 갖는 것이며, 그를 둘러싼 사물의 질서 속에서 자신의 입장을 파악하는 까닭에 장소는 행위와 의도의 중심이라 할 수 있다. 이는 인간이 그가 살아가는 실존적 토대인 '장소'를 통해 세계와 관계를 맺는 것이며, 동시에 세계 내 존재의 주요한 국면들을 드러내는 까닭이다. 마르크 오제는 인류학적 장소의 의미를 정체성이 기원하는 '정체성의 장소', 장소를 공동 점유하면서 같은 집단 내부의 타자와 상호작용하는 '관계의 장소', 개인 혹은 집단에게 장소에 대한 기억과 연관하여 내면화되는 '역사의 장소'를 꼽은 바 있다. 그러므로 장소의 상실이란 실존적 장소로부터 추방되어 비장소에 거주한다는 것이며, 정체성을 잃고 부유하는 삶을 영위한다는 의미이다.

'장소'와 관련하여 중요하게 참조해야 할 것은 주체가 살아가는 삶의 터전의 지정학적 요소이다. 최성민 시인이 터 잡고 살아가는 '인천'은 미추홀, 제물포 등 여전히 쓰이고 있는 지명들에서 보듯 백제의 건국 터이자 물산이 드나드는 포구로서의 정체성을 지닌 도시다, 특히 근현대 시기에는 서울의 다리목이자 전략적 항구라는 지정학적 위치로 인해 한국 근현대사의 질곡 및 자본주의 발달사가 뚜렷이 각인 되어 있는 대표적인 도시이다. 제물포의 한적한 어촌으로 시작되어 구한말 일인(日人), 청인(清人) 및 각국 거류민과 조선인 이주민들까지 몰려든 개항장, 제국주의 열강의 각축장, 일제의 대륙 침략의 교두보로서 온갖 수탈을 감내한 식민도시, 한국 근대화를 견인한 공업도시, 물류와 여객 수송의 중심지 등이 인천의 로컬리티를 드러내는 어휘들이다. 도시 자체가 역사적으로 외부 세력에 의해 형성되고, 항만, 철도, 고속도로, 공항 등 근대 도시적 기반 시설들이 일찍이 발달한 까닭에, 도시적 삶의 폭력성과 그로 인해 야기되는 인간 삶의 현실적 조건이 가혹할 수밖에 없는 도시이기도 하다. 이러한 인천이라는 도시의 역사적 동적 정체성이 시인으로 하여금 시력 30년에 이르는 지금까지, 줄곧 모더니티에 대한 극복 혹은 문학적 응전으로서의 '서정'에 대해 단단한 믿음을 견지하게 했는지도 모르겠다.

이 글은 정신적이고 심리적인 애착을 갖는 '장소' 혹은 '장소성'을 키워드로 하여, 시인이 '인천'이라는 삶의 터전에서 경험하는 '장소의 상실'과 '서정'을 통한 '장소의 복원'이라는 관점에서 그의 신작시에 접근해보고자 한다. 그의 시편에 드러나는 정서적 맥락이 그가 터 잡고 살아가는 로컬리티를 어떻게 드러내는지를 살펴, 최성민 시인의 시적 지평을 이해할 수 있도록 징검돌을 놓는 데 글의 초점을 두고자 한다.

2. 도원역과 숭의동

우리가 경험하는 시-공간 압축 현상은 자아정체성의 위기를 담고 있다. 사실, 전자본주의 사회에서 대부분의 일상생활은 생활공간의 물리적 범위를 크게 벗어나지 않았고 사회적 관계와 생활 규범 및 가치는 기본적으로 장소 기반적 삶이었다. 장소에 근거를 두는 생활 속에서 사람들은 정체성과 안정감을 가지고 생활해 왔던 것이다. 그러나 자본주의 사회의 발달과 더불어 생활공간으로부터 경제적 정치적 체계 공간이 분화되면서 사람들은 장소의 상실에 직면하게 되었다. '시장 메커니즘'이나 '대의정치 원리' 등 '보이지 않는 손'들이 작동되면서, 일상생활의 장소와 관련된 환경들은 점차 자본주의적 생산을 위한 수단과 장소로 이용되게 되었다. 이는 경제적 정치적 체계 공간에 의한 '생활공간의 식민화'라 할 수 있을 터인데, 이 과정에서 현대를 살아가는 사람들은 '친밀한 장소'로부터 '뿌리 뽑히고 추방'되어 자아정체성의 위기에 직면하게 된 것이다. 이는 시-공간 압축으로 공간은 엄청나게 증대되었으나, 우리의 삶이 영위되는 구체적 공간이 추상적 공간으로 변형되어 간 까닭이다.

"망망한 해변에 노화(蘆花)만 가득"하던 한적한 포구에서 시작하여 광역을 아우르는 거대도시 공간의 확대일로를 지나온 인천의 발전사 역시 별반 다르지 않다. 근대 이후 자본주의의 발전사는 구체적 장소로부터 시간과 공간이 지속적으로 분리되는 '장소귀속탈피' 과정이었으며, 이러한 장소 상실의 근본적인 원인으로 주목해야 할 대표적인 근대 문물이 바로 식민 종주국 일제에 의해 한국 최초로 개통된 '경인선 철도'다.

> 질곡(桎梏)의 시절 복숭아밭이 많아 붙여진 모모산 언덕에서
> 세상에서 가장 아름다운 이름을 가진 도원역을 내려다본다.
>
> 따뜻한 밥그릇을 위해 쇠뿔고개를 넘나드는 마을 사람들이
> 도원역의 회전문을 통과하여
> 거대한 철마에 실려 낯선 동네로 등을 돌려 사라진다.
> 독갑다리로 몰려나온 교복들의 무표정한 얼굴과
> 갈 곳 잃은 발바닥이 머뭇거리다가도
> 무릉도원을 지키던 햇발들이 달꼬리섬 아래로 해녀처럼 잠수하면
> 종일 도원역 부근에서 노닐던 학생들이 야생마처럼 빠져나간다.

—「도원역(桃源驛) 부근」 부분

이 시편의 핵심 시구는 '질곡의 시절'과 '거대한 철마' 그리고 '회전문'이다. 시의 화자는 "질곡의 시절"을 살아낸 도원역 풍경을 내려다본다. 아니, 시인은 가장 추상화된 공간인 철도 역에 붙인 "세상에서 가장 아름다운" 감각적이고 서정적인 '도

117

원'이라는 이름을 들여다본다. 꽃과 무쇠, 복숭아꽃과 철마, 자연적 공간인 도원(桃園)과 인공적 공간인 철도역(鐵道驛)의 이 부자연스럽고 이상한 조합은, '괴물'처럼 매우 낯선 이질감을 불러일으킨다. 이 이상한 조합의 결과 '도원'은 그 화사한 아름다움의 아우라를 상실하고 그저 "따뜻한 밥그릇을 위해" 끊임없이 회전문을 들고 나는 근대적 삶의 공간으로 변질된다.

복숭아밭이 많아서 붙여진 '도원(桃園)'은 자연과 하나인 삶이 그대로 이름이 된 장소다. 그러나 세상에서 가장 화사하고 아름다운 도원에 막무가내 쳐들어와 울타리를 치고 이름을 빼앗아 덮어쓰고 있는 철도역 '도원역(桃源驛)'. 그 역사(驛舍)의 "회전문"은 하나의 축을 중심에 두고 빙빙 돌며 사람들을 삼키고 뱉어낸다. 이제 철도역이 군림하는 세계에서 사람들은 쫓기듯 낯선 동네로 밀려 나갔다가 지친 몸을 이끌고 보금자리로 되돌아온다. 끊임없이 회전문 속으로 삼켜지고 뱉어지는 매일, 벗어날 수도 없고 벗어나서도 안 되는 불안하고 불안정한 매일이 바로 인천이라는 도시를 살아가는 사람들의 일상이 되었다. 그가 들여다보는 철도역 '도원역' 부근은 M.오제가 말한 '익명성'과 '현재성'이라는 비-장소의 특성을 그대로 보여준다. 도시공간의 공항, 항만, 고속도로, 철도 등 통로 혹은 이동을 위한 목적을 가진 임시적인 기능을 하는 공간들이 마르크 오제가 든 대표적인 비장소의 예이다. 잘 알려져 있듯, '거대한 철마' 로 비유된 철도는 근대인의 일상적 삶에 전대미문의 혁명적인 변화를 초래한 전혀 새로운 문물이다. 그것은 '시공간의 압축' 으로 단언할 수 있는 것으로, 이전까지 자연적 조건에 포박되어 있었던 사람들의 지각체계를 무너뜨리고 새로운 인식 체계와 감각을 창출했다. 가령, 표준적이고 규칙적인 열차 운행 시간과 시간표에 따른 시간 인식의 변화 등이 그렇다, 일상생활에서 다소 가변적이고 부정확하지만 구체적인 사물이나 사건들과 관련지어 인식되던 시간이 시계와 달력 혹은 물리적 거리를 측정하는 계측기들과 근대적 지도 등을 통해 인식하도록 규율된 것이 그런 예이다. 이처럼 인식 체계의 변화는 인간-자연 및 인간-인간의 관계 변화, 인간 존재의 대량화와 대중화에 따른 사회적 위계질서 지양 등 사회 전반에 걸쳐 변화를 초래했다. 특히 철도는 생산 네트워크 및 대량 유통과 연계되며 산업 및 경제에 막강한 힘을 발휘했고, 자본주의의 급속한 확장을 견인했던 근대의 대표적 문물이다. 시인이 시에서 드러내려는 '도원' 에서 '도원역' 으로의 변화 역시 그러하다. 시인의 비판적 시선이 가 닿은 지점이다. 도원에서 터 잡고 살아가던 사람들의 삶의 양식이 자본주의가 규율하는 삶의 양식으로 변화를 존재 자체로 예증하는 도원역, 이를 내려다보는 시인의 시선은 장소에서 비장소 혹은 무장소적 공간으로 내던져진 '장소 상실자' 의 곤고함과 슬픔에 맞추어져 있다.

또 한편, 이 시편에 등장하는 "모모산", "도원역", "쇠뿔고
개", "철마", "독갑다리", "달꼬리섬", "적산가옥" 등은 개항 이
후의 인천의 비장소화 과정을 드러내 주는 어휘들이다. 시인이
들여다보고 있는 도원역은 1994년에 개설된 수도권 전철역이
지만, 식민지적 근대화의 "질곡의 시절"의 기억과 흔적을 갖고
있다. 도원역 부근에 세워진 '한국철도최초기공지비(韓國鐵道
最初起工址碑)'라든가, 개항 당시 인천에서 서울로 가는 길목
이 소뿔처럼 굽어있다고 해서 붙여진 '쇠뿔고개'와 일본식 이
름인 도산정에서 유래했다는 '도원'이라는 지명이 그러하다.
"쇠뿔고개"는 경인가도(京人街道) 상의 '우각현(牛角峴;지금의
도원역 부근)'으로 경인선 철도의 기공식이 있었던 곳이며, "달
꼬리섬" 즉 '월미도'는 당시 인천 인구의 35%를 차지하고 있
던 일본인들이 식민 통치의 정당성을 드러내기 위한 유원지 건
설 계획에 활용된, 대단히 화려한 유흥지로서 하룻밤의 가벼운
쾌락을 상징하는 타락의 무대이기도 한 곳이다. 적산(敵産)가
옥은 말 그대로 패잔한 일본인들이 남기고 간 가옥으로 끊임
없이 불행했던 질곡의 역사를 환기하는 기억의 장소다. 즉 시인
은 장소성 혹은 장소감 박탈의 중요한 이유로 그가 현재 목도
하는 후기 자본주의적 일상성뿐만 아니라, 인천의 역사, 나아가
한국 현대사에 각인 되어 있는 제국주의(일제) 침탈 역시 여전
히 생활세계로서 경험되고 있음을 통찰하며 예리한 비판을 가

하고 있다.

장소의 정체성은 '뿌리내림'을 통한 안전감 혹은 안정감과 밀접히 연동된다. 뿌리내림은 무의식적이며 선반성적인, 안전하고 안락한 존재 상태이다. 어느 한 장소에 뿌리를 내린다는 것은 안전한 거점을 가지는 것이며, 의미 있는 친밀감을 어딘가에 두는 것이며, 또한 공동체 생활에 적극적으로 참여함으로써 또다시 자연스럽게 뿌리를 깊이 내린다. 그렇게 인간의 정체성은 "생활세계가 직접 경험되는" 활동을 통해 실재 사물과 계속적인 활동과 의미로 가득 채우는 '뿌리내림' 가운데서 형성된다. 그 가운데서도 '집'은 누구나가 가지는 장소라 할 수 있다.

좁은 골목길 인적이 드문
붉은 벽돌 이층집 해당화 여인숙
갯바람이 불고 파도 소리가 들리는 듯하다.

유년 시절 숭의 깡시장* 건너편
도원동 전도관 언덕길 개조한 적산(敵産)가옥에
다섯 가족이 방 한 칸씩 차지하고 함께 살던
씩씩한 계집아이 차돌이가 생각난다.

한 번쯤 어디선가 만나질 인연이라 생각했는데
단 한 번도 스친 적 없는 인연 아닌 인연

붉은색으로 단장한 해당화 여인숙에서는
방방 마다 켜켜이 쌓인 인연의 분 냄새가
진동할 것 같다.

썩을 대로 썩으면 오히려 향기 나는 모과처럼
곱씹으면 곱씹을수록 추억에서도
향기가 나는 듯하다.

            ―「해당화 여인숙」 전문

　진정한 '장소감'은 어디서 오는가. '장소감'은 개인 누구나
가 가지고 있는 것으로서, 체험적 실천을 통해 형성되며 일상적
실천을 위한 의식의 배경이 된다. 시의 화자는 도심의 좁은 골
목길에서 발견한 "해당화 여인숙"이라는 상호에서 아련한 유
년을 떠올린다. 유년기의 장소들은 나이 든 후에도 정체성 확
인의 준거점이 되는데, 화자는 바닷가 모래사장에서도 잘 자라
는 '해당화'를 떠올리며 아련한 장소감을 환기한다. 유년의 기

억 속에서 화자는 또래 계집아이로 보이는 "차돌이"와 숭의동이라는 삶의 터전을 공유한다. 어머니가 "술지게미 냄새나는 찐빵을/ 사형제의 머리맡에 남겨두고 새벽 시장"에 가야만 하는 화자 가족들의 삶이나, "개조한 적산가옥"에서 살아가는 차돌이 가족들의 삶은 마치 바닷가 모래사장에서도 잘 자라는 '해당화'의 삶과 닮았다. 팍팍하고 곤궁한 삶의 문제를 해결하는 것은 아이들의 몫은 아니다. 그러나 신산한 도시 변두리 숭의동은 화자에게 거친 갯바람을 맞으면서도 씩씩하게 피어나 향기를 뿜는 강인한 해당화의 장소로 기억(추억)된다. 적산가옥에서 살던 '차돌이'는 단 한 번도 만난 적도 스친 적도 없지만, 그러한 장소에서 피어난 또 하나의 해당화라 할 수 있다. '차돌이'가 삶의 터전을 공유하며 성장한 또래 아이였다는 사실만으로 화자는 장소적 친밀감과 연대감을 확인한다. 그러나 화자가 느낀 장소적 연대감은 기억 속에 동결되어 있다. '해당화'와 가짜 집인 '여인숙'의 결합처럼 추억해야만 잠깐 떠오르는 기억일 뿐, 화자가 선 '지금 여기'에 진정한 장소는 흔적도 없이 사라지고 없다.

3. 〈오징어〉 놀이와 《오징어 게임》

오늘날과 우리에게 장소를 박탈하는 요인은 자본주의의 심화 그 자체인 근대성의 발달을 꼽지 않을 수 없다. 자본주의가 고도화되면서 경제의 재구조화와 글로벌화는 필연적으로 인간을 사물화시킨다, 반복되는 자본주의적 일상에서 우리가 경험하는 것은 삶의 깊숙한 곳까지 점령하고 규율하는 자본주의적 삶의 양상 혹은 양식들이다. 자본은 최고의 이윤을 얻을 수 있는 곳이면 언제든 어디서든 어디로든 자유롭게 이동한다. 자본은 이윤을 찾아 끊임없이 생활공간을 해체하고 또 새로운 공간을 창조한다. 자본은 공간조차도 이윤 창출을 위한 도구로 적극 활용 한다. 오늘날 우리의 삶은 인류사에서 유례없는 물질적 풍요를 구가하고 있지만, 물질적 풍요를 통해 우리를 '멋진 신세계'로 이끌어줄 것만 같았던 합리적 이성은 오히려 우리의 삶을 불연속의 세계로 밀어 넣었고, 인간을 물질적 풍요를 생산하는 한낱 에너지로 전락시켜 버렸다.

유년 시절 무수히 죽었지만
단 한 번도 재미없이 집으로 돌아간 적이 없었다.
동무들이 수시로 바뀌어도
무릎이 깨지고 땀범벅이 되어도
반복, 반복, 반복, ……

그래도 오징어 게임을 멈출 수 없었다.

형용색색 꿈속에서도

수십 번 죽었다가 동이 트면 살아나서

다시 시작되는 신명 나는 반복

신새벽 눈을 뜨면 TV를 깨운다.

밤새 재생 되는 뉴스 속 주인공들이

언어의 화살을 정조준하여

적들을 살해하는 게임을 하고 있다.

주인공이 교체되어도 전파되는 말씀은

언제나 똑같다.

불면의 꿈속에 나타날까

TV를 죽인다.

—「오징어게임」전문

이 시편의 중심 소재인 <오징어> 게임은 70~80년대에 유년 시절을 보낸 이들에게는 아련한 기억을 불러내는, 매우 즐거운 놀이였다. '놀이'란 여럿이 모여서 즐겁게 노는 것이라는 축자적 의미에서 보듯이, 혼자가 아니라 여럿에서 어울리는 유희이

자 축제의 정신을 공유하고 있다. 놀이를 하면서 흥이 생기고 그 흥겨움은 고조되어 신명으로 이어진다. 놀이 중의 죽음은 실제 죽음이 아니기에 언제든 다시 살아나 새로운 게임을 즐길 수 있다. "수십 번 죽었다가"도 "동이 트면 살아나서/ 다시 시작되는 신명 나는 반복"이 가능한 것이 놀이이다. 아이들의 놀이 공간은 그렇게 두려움 없는 충만한 느낌으로 가득 차 있으며, 그 자체로 아름답다. 시적 주체가 유년 시절 동무들과 함께 어울리고 웃고 놀았던 〈오징어〉의 놀이 공간 역시 심리적인 애착이 스며 있기에 실존의 의미 있는 사건들을 경험하는 하나의 '장소'라 할 수 있다.

그러나 '놀이'가 더 이상 놀이가 아닌 '실제의 삶'이라면, 단 한 번의 게임으로 모든 것이 종결된다면 유희는 더 이상 축제의 정신이 담긴 유희가 아니게 된다. 놀이에서의 죽음은 말 그대로 실제이고 되돌릴 수 없는 현실적 죽음이 되어버리기에 게임의 공간은 공포의 도가니로 변질된다. 드라마《오징어 게임》을 지배하는 게임 규칙이 그러하고, 시의 내용에서 화자가 맞대면한 TV 뉴스가 전한 현실 세계가 그러하다. 그러므로 이 시편은 〈오징어〉 놀이와 《오징어 게임》과 뉴스로 송출되는 '실제 현실적 삶의 양상'을 상호 참조하여 읽어야 한다.

이 시의 내용은 단순하지만, 시 안에 담긴 의미들은 끔찍하기 이를 데 없다. 화자가 새벽부터 뉴스를 통해 본 현실 세계는 언제나처럼 속시원한 내용도 없고 뭔가 변화될 기미도 보이지 않으며 그날이 그날인 일상성 속에 흘러간다. 늘 보는 현실 세계는 게임의 참여자가 승자와 패자로 필연적으로 나뉘듯 서로를 공격하며 누군가는 죽고 누군가는 살아남는다. 오늘날 우리가 살아가는 현실의 매일 매일이 '죽음'과 '죽임'이라는 생존게임의 현장이라는 걸 부정할 수도 없고 긍정할 수도 없는 끔찍한 세계는 화자에게 새삼스레 불안과 공포로 엄습하고, 화자는 급히 "TV를 죽여버"리고 만 것이다.

매우 건조하게 묘사된 신새벽의 일상적 사건은, 화자가 떠올린 유년 시절의 <오징어> 놀이와 병렬로 놓이면서, 시적 주체가 구체적으로 체험했던 신명 나는 놀이로서의 <오징어>가 아니라 '낙오'와 '배제', 승자 독식의 메커니즘이 작동하는 한국의 현실사회의 '생존주의'를 비판하는 알레고리적 미학의 공간으로 재탄생된다. 화자의 기억 속의 <오징어> 놀이뿐만 아니라《오징어 게임》의 에피소드를 구성하는 다른 놀이들, 가령 <무궁화꽃이 피었습니다>, <설탕 뽑기>, <구슬치기>, <줄다리기> 역시, 어린이들의 주요 놀이이자 유년기의 충만한 '장소성'을 지닌 놀이가 아닌, '각자도생'과 '승자 독식'의 생존주의적 현실을 비판적으로 드러내는 알레고리 장치로 기능한다.

주지하듯, '알레고리'는 초역사적이고 통합적인 '상징'과 달리, 시대적이고 파편적이다. 또한 알레고리는 부분적이고 개별적인 진실을 중시하며 파편적인 국면을 수용하고 가변적이고 일시적인 역사성을 중시한다. 벤야민이 강조한 것처럼 알레고리는 현재화하고 있는 파편의 진실을 중시하고 이를 통해 현실의 부조리함을 견디면서 그것의 변화와 창조의 가능성을 주목하고자 한다. 최성민 시인 역시 지각의 예외 상태를 통해 지각의 자동화에 제동을 거는 알레고리를 통해 현실을 비판적으로 극복하려는 의도를 엿보인다.

서로의 사냥꾼인 뉴스 속 주인공들이 사용하는 무기는 "언어"라는 "화살"이며, 그들의 적은 자신이 아닌 모든 타자다. 특히 '언어의 화살'이라는 구절은 놀이의 참여자이든 드라마의 서사이든 뉴스 속 주인공이든 그들이 '언어'를 생존을 위협하는 도구로 쓰고 있다는 말일 것이다. 무기가 될 수 있는 언어란 사람을 강제하는 규율의 언어다. 또한 체제의 언어이며 이념을 담지한 언어다. 우리는 삶의 도처에서 일상적으로 그런 언어들을 목도 한다. 가령, 최근에 많이, 그리고 자주 회자 되는 '자유' 혹은 '평등' 등의 언어만 봐도 그렇다. 신자유주의의 '자유'는 어떤 것인가. 우리가 평등을 말할 때 그 평등은 또 우리가 알고 있는 그 평등인가. 혹은 '공정', '상식', '정의' '민주주의' 등 우리가 숨 쉬듯 살아가는 언어들은 어떠한가. 혹시 이념으로 호도되거나 오염된 의미를 우리는 무사유 혹은 무비판적으로 받아들이고 통용하고 있지는 않은가.

놀이의 특징은 놀이가 행해지는 장(場)에 참여하는 모든 이에게 적용되는 규칙이 있다는 점이다. 《오징어 게임》과 〈오징어 게임〉을 통어하는 공통의 규칙은 '생존주의'라 할 수 있다. 《오징어 게임》과 〈오징어 게임〉의 규칙은 시스템화된 신자유주의 이념과 원리이자, 이 "지배 없는 착취"의 시스템이 지배하는 한국 사회의 현실을 날카롭게 은유한다. 엄밀히 말해 '생존'은 모든 생명 가진 것들의 자기보존 본능과 충동의 영역에 속해 있는 것이다. 이 인간학적 상수라 할 수 있는 '생존'을 '생존주의'로 불러야 한다면, 순수한 목숨의 존재로서 살아남는 것이 최종의 목표가 될 때 '생존주의'라 이름 붙일 수 있는 것이다. 적어도 인간다운 삶이라면, 생존 그 자체에만 몰두하는 것이 아니라, 그 너머를 지향하며 타자와의 '더불어'를 욕망하고 소망하는 것이라 할 수 있을 것이다. 이런 맥락에서 시인이 「오징어 게임」과 〈오징어 게임〉, 《오징어 게임》을 통해 비판하고 있는 '생존주의'는 인간 주체로부터 장소성을 박탈하는 가장 큰 원인자이다.

　　사실 생존주의적 삶의 태도는 비단 한국 만의 상황은 아니다. 하지만 오늘날 우리 사회를 지배하는 그것은 한국 사회 근대성의 역사적 체험 속에서 뿌리내려 온 결과물이기도 하다. 즉 19세기 후반, 제국주의 열강의 각축장에 내던져진 이후, 식민화를 거치고 한국 전쟁을 겪었으며, 군부독재와 개발독재, 산업화 과정을 지나왔던 것이 한국 사회였다. 그리고 이제 신자유주의적 세계화의 구조에 들어서 있는 상황이 된 것이다. 이러한 역사의 질곡 속에서 목숨의 최저선과 절대빈곤에 노출되었던 민중들은 먹고 살기 위해서는 무엇이든 할 수 있어야만 했고 그렇게 삶을 지켜내야만 했으며, 그렇기에 가장 중요했던 가치가 바로 '생존'이었던 것은 부인할 수 없는 분명한 사실이다.

덧붙여 말하자면, 신자유주의는 고전 경제학의 '자유방임'을 원리로 하는 것이 아니라, 시장에서의 자유로운 '무한경쟁'을 원리로 채택한 것이다. 통상적으로, 신자유주의는 '제국주의'로 표현된 독점자본주의와 후기 자본주의 양식에 새로운 기능 규칙들을 포함하는 변화로, 각종 규제와 철폐를 통해 국가의 개입을 최소화함으로써 작은 정부를 지향하며, 시장과 사적 이익의 극대화를 노리는 이데올로기"를 가리킨다. 따라서 '능력'과 '경쟁', '사적 이익 추구'를 기본 뼈대로 하며, 개인주의화의 흐름과 맞물려 체제 속에 살아가는 모든 주체에 내면에 각인된다. 신자유주의가 조직화하는 사회는 "개인과 집단을 공정한 노력과 경쟁, 보상의 세계 내에 존재한다는 착각 속으로" 밀어 넣는다. 이러한 착각 속에 경쟁 시스템은 '상식'이 되고, 보상 시스템은 '정의'가 된다. 또한 이러한 메커니즘을 사회 전체가 공유하게 되면, 경쟁에서의 '도태'는 사회의 구조적 문제가 아니라 전적으로 능력이 부족한 '개인의 책임'으로 전가된다.

오늘날 세계질서의 배후에 있는 신자유주의는 효율성과 형평성의 원리로 무장한 '시장 만능주의 사회'에서 사람들이 자본의 욕망을 욕망하면서 폭력의 구조를 재생산하는 데 기여하고, 다시 그 폭력구조에 강제되는 악순환을 계속하도록 만든다. 이러한 시스템에서 살아남으려면 시스템의 체제와 규율에 순응하거나 적응하면서 살 수밖에 없다. 이를 거부한다면 남는 것은 죽음뿐이기 때문이다. 시의 화자가 "불면의 꿈속에 나타날까" 서둘러 "TV를 죽일" 수밖에 없는 이유가 여기에 있다, 「오징어 게임」은 《오징어 게임》과 〈오징어 게임〉을 통해 자본이 지배한 현실에 순응하거나 적응할 수밖에 없는 인간의 슬픔을 건조한 어조로 드러낸다. 그러나 시인의 건조한 어조는 자본이 지배한 현실 원리에 포박되어 뿌리내리지 못하고 부유하는 삶을 살아갈 수밖에 없는 비장소적 존재의 슬픔으로 축축하다. 그 축축한 슬픔 아래, 생존에 대한 불안과 공포를 미끼로 던지는 심화된 자본주의, 신자유주의 시스템에 대한 격렬한 분노가 이 시편에 짙은 음영을 드리우고 있다.

4. 역병과 무장소성

2019년부터 유행한 전대미문의 코로나19라는 재난은 사회적으로 엄청난 영향을 끼쳤다. 바이러스의 감염 및 확산 방지를 위한 사회적 거리 두기는 세상을 반강제적으로 비대면 사회로 전환시켰다. 원격근무, 원격교육, 원격서비스, 무인화와 자동화, 랜선 미팅, 랜선 회식 등 인간 생활의 거의 모든 활동이 선택권 없이 강제적으로 디지털로 전환되어 갔다. 도시의 삶에 익숙한 사람들에게 비자발적 고요의 시간은 불안과 두려움 혹은 공포의 시간이 되어버렸다.

눈에 보이지도 않는
바이러스에 몰려
방구석에 숨어 살던
신입생 녀석들이
시험을 보러 교실에
앉아 있다.

교실 안으로 들어서자
누구세요? 라고
묻는다.

아마도 이 생(生)이
끝날 때까지도

녀석들에게
사제지간(師弟之間)은커녕
스쳐 지나가는
마스크 아저씨일지도
모른다.

―「누구세요」부분

그랬었지
언제부턴가 내 발목은
어두운 골목 누볐고
삶의 실축(失蹴)만 탓하면서
타고난 태 자리 원망하고
노래 멈추고 웃음 잃어버렸다.

세월의 터널을 지날 때마다
얼굴에 굵은 강줄기가 패이고
돌하르방 표정으로 굳어져 갔다.

비대면 시대가 끝났을 무렵
덩그러니 혼자 서있는

등 굽은 그림자

―「각성(覺醒)」 부분

이 두 편의 시에서 시인은 팬데믹으로 인해 긴 비대면 수업 기간을 가진 뒤, 시험을 위해 오래 비워두었던 교실에서 일시적으로 조우한 교사와 학생 간의 에피소드를 보여준다. 교실이라는 공간은 교사와 학생이 지식을 나누는 공간이지만, 스승과 제자의 관계 맺기가 이루어지는 장소이기도 하다. 그러나 세계적인 팬데믹을 겪으며 긴 시간을 비대면으로 보내면서 교사와 학생은 직접적인 유대관계를 형성하기가 매우 어려워졌다. 시험이라는 목적을 갖고 대면한 학생과 교사는 서로에 대한 어떤 유대도 없는 임의적 관계가 되어버린 셈이다. 교실 문을 열고 들어서자 "누구세요?"라는 낯선 질문을 받은 시인은 문득 "사제지간(師弟之間)은커녕/ 스쳐 지나가는/ 마스크 아저씨일지도" 모르게 될 미래에 대해 불안과 두려움을 느낀다.

교단을 사이에 둔 관계임은 틀림없지만, 스승도 교사도 아닌 "누구세요?"(「누구세요」)를 들어야 하는 상황이란 매우 우스꽝스럽고도 슬픈 현실이다. 삶의 구체적 국면들을 공유하지 못한 교사와 학생은 내면의 깊은 공감 영역을 갖지 못한 채 유리

되어 있고, 친밀감을 형성하지 못한 관계는 마주한 사람의 얼굴 외양만으로 "너무 무섭다"(「각성」)는 평가를 주고받기도 한다. 이러한 에피소드를 통해 시인은 코로나19로 인해 격리된 공간 속에서 자신과 학생들이 속한 사회를 성찰하며 '장소'가 사라지고 없는 현실의 '무장소성'을 새삼스럽게 자각한다.

장소는 본질적으로 개체와 그가 위치한 공간이 만나는 방식이고 상호작용하는 과정을 포함한다. M. 오제는 개인이나 집단과 관련하여 정체성, 관계성, 역사성을 가진 장소를 인류학적 장소로, 이 외의 장소를 비장소라 규정한다. 또한 E.랠프는 의미 있는 장소를 가지지 못한 환경과, 장소가 가진 의미를 인정하지 않는 태도, 장소에 대한 진정하지 못한 태도의 결과를 무장소성이라 본다. 무장소성은 사랑할 장소 그 자체가 없거나 오래 머무를 수 없음을 인식한 태도에서 기인한다. 경험 주체가 지속적인 유대관계를 갖지 못하는 곳이 바로 무장소다.

무장소성에 대한 시인의 자각은 공동체 영역에서 누구와도 함께 공유할 무엇도 시도하지 못한 채, 한 생활인으로서 일과 돈을 우선순위로 매기면서 자본주의에 습합되었던 시간에 대한 성찰적 각성을 불러오고, "어두운 골목을 누비"다 노래와 웃음을 박탈당한 고독한 현대인의 초상에 대한 각성을 불러온다. 분명히 하나의 물리적 공간을 차지한 존재이기는 하지만, "덩그러니 혼자 서 있는" "등 굽은 그림자"는 지금껏 살아오면서도 전혀 생각지도 의도치도 않은 모습이라는 각성 말이다. 같은 공간 안에서 삶을 영위하면서도 타자와의 긴밀한 관계 혹은 연대를 상실한 존재자의 모습을 뼈아프게 각성한 뒤, 화자는 "돌하르방" 같은 무거주자의 굳은 표정이 아닌, 생동하는 삶의 "표정"을 얼굴에 입혀야겠다는 속다짐을 굳힌다. 표정을 만드는 것은 존재들이 상호 교섭하는 가운데 생겨나는 노래와 웃음에서 자연스레 기인하는 정동이다. 그러므로 표정을 입히기 위해 비록 "가식의 가면"일 지라도 삶의 양식을 달리해 살아야겠다는 시인의 속다짐은 그가 장소의 회복 혹은 복원을 마음 깊은 곳에서 열망한다는 예증일 터이다.

5. 궁핍한 시대의 서정의 힘

현대의 대도시 공간은 분명 삶의 공간이긴 하지만, 지형적 범위가 몹시 넓을 뿐만 아니라, 밀집된 인구, 가속화된 교통 등으로 인해 내부적으로도 지속적으로 확장하고 재생산해 나가는 중이다. 이러한 과정에서 도시 구성원들은 예전과 같은 관계 맺기가 아니라 필요에 따라 계산적이고 합리적인 '임의적인 관계'를 훨씬 더 많이 맺으며 이합하고 집산하게 되었다. 그런 까닭에 도시적 삶을 살아가는 대다수의 사람들은 수시로 비장소성 혹은 무장소성을 경험하게 된다.

시인이 터 잡고 살아가는 대도시 인천 역시 거주지로서의 친근감과 정체성을 형성하는 삶의 공간이지만, 도처에서 목도되는 비장소성 혹은 무장소성은 도시 외부로 벗어나 '의미로 가득한' 장소로 회귀하려는 강한 욕망을 이끌어낸다. 물리적으로 터전을 옮기기가 쉽지 않은 까닭에, 시인은 비록 인공 자연이기는 하지만 자연을 느낄 수 있는 천변의 산책길로 나선다.

잡생각을 떨치려고 비 내리는 천변을 절뚝이며 걷는다. 눈동자엔 온갖 생물들이 가득하다. 그런데 청맹과니 눈을 가져 풀 중에는 강아지풀, 꽃이라곤 해바라기만 보이고, 모든 초목들이 전부무명초로 읽힐 뿐이다. 강산이 세 번 바뀌는 동안 어찌 글 나부랭이 쓴다고 어정거리며 겁 없이 살아왔는지…… 고고하게 긴 다리를 꼬고 서 있는 목이 긴 새는 백로인지 왜가리인지. 아니면 백로가 왜가리인지?

자연도 모르고 인간도 알 길 없는 내 발바닥이 부끄럽다.

— 「우중천변」 전문

비 내리는 천변을 걷는 시인의 눈에는 온갖 생명들이 가득하지만, 시인은 그들의 이름을 모두 불러줄 수가 없다. 시인에게 초록 생명들은 그저 무명초에 그칠 뿐, 그가 불러줄 수 있는 이름이라곤 고작 강아지풀과 해바라기꽃 정도에 불과하다. 백로와 왜가리조차 구분하여 불러줄 수 없는 시인은 여기서 뼈아픈 성찰과 함께 부끄러움을 느낀다. 시를 써온 지 삼십 년이 지나도록 자신을 둘러싼 존재들의 이름을 모른다는 것은 그만큼 관심을 두지 않았다는 뜻이니, 이러한 사실을 자각하면서 시인으로서 더할 수 없는 부끄러움이 엄습한 것이다.

일찍이 현대 기술문명의 위기를 진단하고, 그 극복을 위한 길을 사유했던 하이데거는 우리가 살아가는 이 시대를 인류 역사상 가장 '궁핍한 시대'라고 단언한다. 그는 "모든 존재자가 서로 하나의 통일된 전체를 이루면서 한갓 인간의 도구로서가 아니라 그 자체로서 드러나는 상태를 진정한 의미의 세계"라고 불렀다. 그러므로 가장 '궁핍한 시대'란 이 '진정한 의미'를 잃어버렸기 때문이라는 말이다. 이런 맥락에서 그가 '강아지풀'이나 '해바라기' 꽃을 불러줄 때, 처음 보는 것같이 '낯섦'과 '경이로움'으로 빛나지 않는다면, '무명초'나 '강아지풀'이나 '해바라기'나 별반 다를 바 없이 진정한 퓌지스로서의 '존재 의미'를 드러냈다고 할 수 없다.

그러나 시인이 "낡은 적산가옥 창문으로 백열등이 꽃처럼 피어오르"(「도원역 부근」)는 '도원역'을 발견했을 때, 마치 하나의 '구두'로부터 존재의 진정한 의미를 읽어낸 하이데거의 '경이'처럼, 제 스스로의 존재를 개현하는 '도원역'의 진정한 존재 의미를 시인이 드러내고 있음을 발견한다. 하이데거는 농촌 아낙네의 낡은 구두에서 농부의 아내가 '대지의 소리 없는 부름 가운데 들어서고, 포근하고 아늑한 자신의 세계 안에 확신을 가지고 거주하게 되는 것'을 발견하고 드러낸 바 있다. 어쩌면 '우중천변'에서의 부끄러움의 성찰보다는 교실에서의 학생들과의 에피소드 가운데서 문득 찾아온 각성이나 인천이라는 장소의 질곡의 역사와 그곳을 살아가는 존재자들의 삶의 현장을 드러내는 그의 시적 언어가 더 빛나고 있다는 것을 시인만 모르고 있는 것은 아닐까.

서정시는 시인의 살아온 경험적 시간의 축적과 그것의 순간적 응축 속에서 형상화되는 까닭에, 서정시의 시공간은 역사성과 사회성을 함의할 수밖에 없다. 즉 시간과 공간의 축적과 순간적 응축은 서정의 원리인 동시에 시작품의 내부에서 시간성의 의미론적 자장을 거느리며, 궁극적으로 인간 의식의 문제로서 다룰 수밖에 없다. 서정시의 독해에서 행간마다 은폐되어 있는 토포스와 시간의 흔적을 살펴보아야 하는 까닭도 시가 성찰적 인간의 각별한 내면 의식을 기록하는 특성을 지닌다는 데서 기인한다.

우리는 도처에서 시간과 공간을 경험한다. 시의 행간에 놓인 기억이라든가, 상처, 흔적, 유적, 유물 등에서 스쳐간 시간들을 경험하며, 하다못해 길가에 피어 있는 한 송이 꽃에서도 꽃 주위에 흩어져 있는 자갈 몇 개에서도 그 사물이 놓여 있는 장소와 시간을 경험한다. 그것들은 독자의 의식 속에 들어오는 즉시 가열한 내적 반성을 일으키고 존재의 근원으로 의식을 끌어당긴다. 설령 유년기이거나 과거의 어느 한 지점을 통과할지라도 결국은 우리의 지각 형식으로는 가닿기 어려운 궁극의 본향이거나 어떤 초월적이고 시원적인 지점으로 가닿게 되는 것이다.

하이데거는 '세계'는 인간이 거주하는 '집'이라고 말한다. 인간이 '거주'할 수 있을 때, 세계는 하나의 장소가 되며 인간은 실존적 토대인 장소를 통해 세계와 의미 있는 관계를 맺는다. 최성민 시인이 그가 터 잡고 살아가는 도시의 도처에서 장소의 상실을 목도하고, 서정과 시적 언어를 통해 그 극복을 지속적으로 사유하며 천착하고 있다는 것만으로도 그는 이미 세계라는 집을 짓고 있는 것이다. 또한 그가 가진 '서정의 힘에 대한 무한 신뢰'야말로 존재의 집을 짓는 데 있어서 세상에서 가장 아름답고 강력한 도구를 가진 셈이 아닌가 생각해 본다.